잇지 말자,
나는 기적이라는 걸

잊지 말자, 나는 기적이라는 걸

―――― 늘 그랬던 것처럼, 신발 끈을 고쳐 맬 우리 ――――

정매일 지음

좋은땅

가수 이적의 〈거짓말 거짓말 거짓말〉이라는 노래가 있습니다.

"다시 돌아올 거라고 했잖아"로 시작하는 이 노래는 발매 당시 헤어진 연인 간의 사랑, 반려동물이 주인에게 하는 이야기 등 숱한 해석을 낳았습니다.

그러나 이적 씨는 놀랍게도 살기 힘들었던 시절 놀이공원에 자신을 버리고 간 부모를 애타게 부르는 자식의 슬픔을 노래한 거라 밝혔죠.

가수 산들의 〈그렇게 있어 줘〉라는 노래가 있습니다.

"본 적도 없는 당신과 내가 가늠할 수 없는 그날에 만나"라는 후렴구를 가진 이 노래는 미래에 만나게 될 연인에 대해 노래합니다.

하지만 어떤 사람은 현재의 내가 미래의 나에게 하는 말 같다고 하였습니다. 저 또한 이 노래를 아직 한 번도 만나지 못한 팬과 아티스트 간의 이야기라는 생각을 했었습니다.

이렇게 창작자의 손을 떠나간 작품은 다양한 사람들의 다양한 생각과 삶을 반영하듯, 저마다의 느낌으로 다가옵니다.

이 책에 실린 99편의 시는 제 손을 떠나, 이제 여러분의 몫입니다. 여러분의 치열한 삶 속에서 이 책이 티끌만큼이나마 위로가 된다면 더할 나위가 없겠습니다.

우리는 늘 기적을 꿈꾸며 살아갑니다. 하지만 녹록지 않은 삶은 잔잔히 흘러갑니다. 그렇지만, 어쩌면 우리가 이 땅에 내디딘 그 순간부터 기적은 시작된 게 아닐까요.
너라는 기적, 나라는 기적, 우리라는 기적.

흔들리는 삶의 순간 속에서도 저는, 여러분은, 스스로가 기적이라는 걸 잊지 마시고 인내한다면 꿈꾸던 기적이 정말 일어나지 않을까요?
여러분들의 비밀정원에 열릴 크고 작은 그 순간을 늘 응원하고 소망하겠습니다.

작가 정매일 드림

2

나라는 기적

3

우리라는 기적

※ 제목 옆 ★ 표시는 작품해설이 있는 시를 말합니다.

1

너라는 기적

오 나의 소녀

효험이 정말로 있었던
소녀의 기도

미안한 미래는 없을 거야

유의미하고 아름답던
지문의 마찰

승냥이들이 몰려오는
희망 없던 시절에도

아랑곳하지 않고
항상 수호하던

비밀 가득한
니 마음

이제야 알아 버린
일곱 개의 프리즘이 내뿜는
기적이 들리는 해돋이

드디어 찾아낸 탐험가처럼
함께 펼쳐질 진짜 세상

파란 장미*

어쩌면 밤하늘 저 별들보다
수많았던 그 군집

그러나 유독
너처럼 푸르른 이는 없었다
이 사회에 그런 유전자란 존재하지 않으니까

그럼에도 우리는
그러한 그대를 찾기 위해
지독하게 매달려 왔다

혹여 누군가는
2만 5천이나 되는 빛깔 가운데서
당신을 찾는 것을
소위 어불성설이라 일컬었다

잦아들어
젖어드는

잊지 말자, 나는 기적이라는 걸

그대를 향한 그 진심이
기어코 만개하는 순간

모두가 불가능이라 부르던
그대의 언사는 기적이 되리라

영롱하게 푸른빛이여
그렇게 날 포기하지 마소서

걸음이 느리다고 해서
그대에게 가지 않은 적이 없다

걸음이 느리다고 해서
그대에게 가지 않은 적이 없다

걸어가는 매일이 그대였고
다가가는 순간이 그대였다

가팔라서 굽이치는 헐떡임에도
주저앉아 그르치는 자존감에도

그대는 그렇게 머물러 있었다

닿기를 기도하며 그리고 그리던 나날
늘 같은 자리에 있는 그대가 쓸쓸해 보였다

타는 목마름으로 울부짖었던 한 발짝
절실한 포효로 거듭났던 두 발짝

누가 와 줄까 싶던 비밀스런 호수는
그렇게 그대를 품는 바다가 되었다

그래서 나는
그러는 그대를
이 풍경 속에서도 감격하는바

이 발자국은 너와 나의 땀이요, 눈물일지니
이 자취는 우리만의 길이자, 우리만의 춤이요

세탁

그 어떤 세제로도 지워지지 않던 얼룩
다 닦아 냈다면 거짓말이겠지만

잠시나마 오염원을 문질러 준
너라는 마음유연제

복원 가공을 하듯 서서히
가장 감추고 싶었던
그곳을 표백하는 그 따스함은
찬물로 가득했던 내 공간을 데우고

그 비열(比熱)* 에 녹아드는
행복 한 스푼

널어놓은 마음이

....

* 비열(比熱): 어떤 물질 1g의 온도를 1℃만큼 올리는 데 필요한 열량이다. (두산
백과)

잊지 말자, 나는 기적이라는 걸

말라 가는 그맘때

두드리던 다듬이질마냥
젖어드는 그 진심

삶아진 삶에서
가끔씩 일어나는 보풀도
지금처럼 잘 지워 가기를

늘 고마운
기적 같은
내 마음 세탁소

양양터널*

우리나라에서 가장 길다는 이곳

이곳을 지나
나들목을 건너면
푸르른 동해안이 펼쳐진다

졸음을 방지하기 위해
휘어진 S 자로 구성된 구간들

이 아득하고 머나먼
긴 어둠 속에서

까마득해지는 미래와
답답해지는 현재

모든 터널에는
반드시 끝이 있기에

핸들을 꽉 잡고
지그시 밟아 보는 엑셀

본래의 실선이 아닌
점선으로 되어 있는 줄기 또한
나의 여정을 응원하는 설계자의 배려

사선(死線)에서 사선(斜線)으로 향하는
도르래의 움직임마냥

캄캄함을 견뎌 내고
비로소 맞이할
행복의 미끄럼틀을 향해

일상 *

똑같았다
여느 날과 다르지 않게

급하게 결제하는
샌드위치 한 조각과 우유

촉박할수록 더 엉키는 이어폰과
서둘러 환승하는 6호선

푹 눌러쓴 모자에
자꾸만 확인하는 시계까지

지금껏 쳇바퀴처럼 살아온
늘 같았던 하루 일과

그런데,
그런데 오늘은,
그저 눈물이 흐른다

그렇게 매일 다녔던
편의점에서
지하철에서
길거리에서
흘러나오는 그 노래 때문에

어쩌면 나는
비상의 순간보다
일상의 순간을
꿈꿨나 보다

우리네의 꿈들이
누군가의 하루에
스며드는 그날까지
더 목 놓아 부르리라

해식애(海蝕愛)

모든 걸 다 받아 주는
너를 참 닮은 바다

그런 마음이라는 바다에서
계속이고 헤엄치고 싶다

바다는 비에 젖지 않아서
넘실거려 밀려오는 물보라는
계속해서 나아가고

끊임없이 밀고 당기는 달빛같이
헤아리고 다듬던 그것이
반짝이던 결정체는

이 절벽 끝에 늘 서 있던
내 마지막 기적

잊지 말자, 나는 기적이라는 걸

낭떠러지라 불리우던

그 사랑이 만드는

평탄한 나의 발끝

사 왔어

줄어드는 숫자와
늘어나는 숫자 앞에서

체감하게 되는 비용과
자꾸만 가늠하는 셈법

이제야 비로소 깨닫네
작은 지불 하나에도
큰 용기가 필요하단 걸

그럼에도 늘
우리가 먼저였던
당신의 소비

알아요
다그치고 나서 뒤돌아 눈물 훔치던 당신을

다음엔 더 좋은 데서 태어나라는 가정은
당신이라는 가정을 갈음하지 못하니

나는 사랑 채무자
그대에게 평생 갚아도 모자란…

방배동에서

아이야 미안해 마라
지금의 기다림은
그 언젠가 너라는 기적이
세상에 발 내딛던 순간보다 짧으니

아이야 슬퍼 마라
너만의 방법으로
너만의 길을 나아가는 것은
실로 누구보다 갸륵할지어니

아이야 외로워 마라
네가 한없이 작아져
소스라치게 버거워할지언정
온 세상이 너를 격려하고 있으니

아이야 힘들어 마라
너의 그 땀방울은
누군가에게 위로 한 방울로

참된 결실을 맺을 테니

가장 힘든 틈 속에서 피어난
가장 자랑인 너를 뒤로한 채

내게서 늘 반짝이는 너란 등불이
초가 되고
내 마음속에 펑펑 내리는 함박눈이
케이크가 되는

가장 추웠던 여름의 생일날에

모소 대나무 *

태양 곁에 지구가 네 번 서성이는 동안
여전히 잠들어 있는 그 아이는
단 세 마디밖에 하지 않았다

그들은 의심하기 시작했고
틀린 것 같다고 고개를 저으며
급기야 글러 먹었다고 침까지 뱉었다

다섯 번째 만남이 되어서야 그 아인
겨우 입을 떼는 듯하더니
매일 삼십 마디씩 하곤 했다

그러다가 여섯 숨이 지나자
걷잡을 수 없이 수십 마디를 몰아치더니
순식간에 빽빽하고 울창해졌다

믿지도 듣지도 않았던 그들은
정말 말도 안 된다며

잊지 말자, 나는 기적이라는 걸

이건 분명 기적이라고 놀라움을 금치 못했다

그러나 우리는 미동조차 하지 않았다
그 아이가 다리 밑에서 안간힘을 쓰며
얼마나 단단해졌는지를 잘 알기에,
그렇게 될 줄 알았다

다가올 일곱 번째 계절은
몇백 마디를 할지 모른다
진짜 기적은 이제부터니까

공주

모든 것을 쏟아부으러 간 곳에
모든 것을 알고 있는 사람이 있었다

너무나 희미해진 꿈의 경계선에서
자신 없는 나의 펜을 가져가 윤곽선을 그려 주었다

이제 너의 가치로 채워 봐,
라던 그날의 떨리는 울림을 나는 잊지 못한다

속도가 세상을 지배하는
야속한 시대 속에서

천천히 가더라도
한 걸음씩 나아가면 된다던 철학

눈물의 가시밭길을 지나
그 철학을 증명해 낸 우리

잊지 말자, 나는 기적이라는 걸

조금 늦었을지도 모르지만
이제야 비로소 시작하는
우리의 도록

나의 사랑, 나의 공주

기지개

웅크리고 있던 몸에
기지개를 켜고
부스스한 눈을 비비며
잘했어, 고생했다, 최고야라고
항상 다정하게 맞이해 주던 사람

터벅터벅
힘이 풀려
내려오는
그 순간마저도
그는 늘 그렇게 반겨 주었다

그런 그에게 난 늘
'다음'을 이야기했었다

허나 번뇌를 시험하듯,
도저히 개선이 없던 뫼비우스의 띠

당치도 않은 욕심에
모두를 갉아먹는 게 아닌지
피어오르는 자책감

그럴수록 그는
날 다잡아 주고, 다독여 줬다

범람하는 울분 속에
마침내 그 띠를 끊던 그날

그는 처음으로 오열했고
나도 기쁨의 수정을 떨어트렸다

이제야 짐을 조금은 덜어 낸 듯
웅크리고 있던 내 마음도
기지개를 켠다

호명

가장 애원하던 순간이
가장 애처로운 순간으로

살아남은 정글에서
죽어 버린 포효

함께 걷는 그 길을 재정의하는
서슬 퍼렇게 잔인한 찰나의 그 순간

시간은 다르지만 견뎌 내 주길,
소리 없이 전하는 격려로 메우는
모세의 비극 같은 밤

잊지 말자, 나는 기적이라는 걸

색칠공부

최고가 되고 싶었지만, 저는 모자랐습니다
최선을 다했습니다만, 저는 부족했습니다
모든 것을 걸었지만, 저는 보잘것없었습니다
성공하고 싶었지만, 저는 아무것도 아니었습니다

그렇게 마지막일 것 같았습니다
그래서 마지막이라고 생각했습니다
그리고 마지막처럼 견뎌냈습니다
그런데 마지막이 아니었습니다

저는 아무것도 아니었지만, 성공했습니다
저는 보잘것없었지만, 모든 것을 받았습니다
저는 부족했지만, 최선을 다했습니다
저는 모자랐지만, 최고가 되었습니다

고난의 시기를 애정으로 지켜봐 주던 그대가 있어
원했던 모습으로 세상을 물들이게 되었습니다

고맙고, 사랑합니다

무지갯빛 신호등

무지갯빛 신호등은 무슨 맛일까

각각이 꺼지고 켜지는 데서 드러나는

단맛
쓴맛
신맛
짠맛
매운맛
떫은맛
아린 맛

너의 그 맛이
켜지고 꺼지는 걸 보면
나의 속상함이 덜하지 않을까

늘 너의 맛을 알 수 없어서
잘해 주고 싶고

챙겨 주고 싶어도
조심스러워

항상 네가 궁금한 나를 위해
네 맛의 전기회로를
이었다 끊어줘

네 마음이
빨간 불일 때는 청록빛을
노란 불일 때는 군청빛을
초록 불일 때는 자줏빛을
채워 주는,
자두 같은,
정이 가득한,
지휘자가 될게

그림자들에게

너도 꽃이야?
라고 묻던 그림자들에게

이슬 한 방울 한 방울
꾹꾹 눌러 담던 그 꽃이

씩씩하게 그들을 응시할 때

비로소 드리운 햇살에
저물어 가는 장막

채 씻기지 못한 어둠에도
버텨 낸 찬사에
쑥스럽게 고개를 드는 암술

여백의 미

보통과는 다르게 흘러가는 이 세계의 시간
이 속에서 여유란 없다

도약을 위한 재충전은
기약 없는 기다림이고

다음을 위한 준비는
잊혀진다는 것을 의미하는

씁쓸하게 받아 드는
초라한 성적표

나의 공백은
새로운 사람들이 채워 가고

밀려난 내 여백은
다시 돌아오리라는 보장 없는 공간

그 누가 여백이 아름답다고 했던가
이 세계에선 사실상 사형선고인 것을

걱정이

현관을 열고 들어온 그대
오늘은 유독 지쳐 보이는 시야

당신과 함께 들어온 시름은
씻어내도 씻기지 않고

도무지 풀리지 않던 그대의 표정에
참다못해 내가 나서려는 순간

나를 낚아채고
어린아이처럼 흐느끼는 그대

늘 함께하지만
오늘은 범상치 않은 포옹

그대의 걱정을 내가 조금이라도 덜어 줄 수만 있다면
스웨덴에서 머나먼 이곳까지 온 이유

괜찮아요, 다 잘될 거예요
내가 지켜 줄게요

흐르는 침묵 속에 들리는
고요한 외침

독립

영원할 것 같았던
너와 나의 고리

마지막 순간까지도
넌 그저 웃었다

더 큰 세상을 향해 나아가는 널
난 그저 바라볼 수밖에

분명 끝난 건 아닌데,
이따금 가슴이 시큰거린다

외지도 않은 너에 대한 선명한 기억들이
자연스레 나의 사고를 정조준한다

너는 미래를 향해 갔는데
나는 과거에 살고 있다

이상한 섭섭함이 감돌지만
내가 건넬 건 응원뿐

모르겠고,
너 좋아하는 빵 먹으러 와

아타카마*

메말라 가는 이 땅에서는
숨쉬기조차 버거워
간신히 그린 꿈마저 갈라진다

너무나 처절하게
콕콕이며 숨어 있던
이곳은 아타카마

텁텁한 이 나날들에
그런데 물방울이 고였다

마냥 막연하게
안 될 것이라 괴었던
그 체념들을 시소 삼아
이 답답함에 흩뿌려지는 희망들이여

그렇게 네가 내렸고,
나는 꽃피웠다

너라는 날씨를 마주하기 위해
수십 년간 그렇게 무더웠던 건가

이제 나의 온도는 그대요,
나의 습도는 벅참이어라

계절이 있다는 걸 알게 해 준
그대는 눈물겹다

연기

사실 안 괜찮아
애써 밝은 척하고 있어
너무 힘들고 지쳐

맨날 조마조마하고
맨날 눈치 보여서
정말 괴로워

나한테 왜 그러는 거야
내가 뭘 잘못했어
제발 그만했으면 좋겠어

근데,

내가 그렇게 풀어내면
너는 나보다 아파할 거잖아

나 이렇게 산다고 하면
괴로운 비명을 지를 거잖아

나는 내가 힘든 것보다
그게 더 가슴 아파

나의 기쁨이, 나의 전부가
무너지는 건 정말 싫어

그래서 나는 오늘도
희망을 연기해

… 그래도 가끔은,
정말 어쩌다 한 번은,
칭얼대도 되지?

고백

있잖아,
사슴 같은 반딧불이
내 발밑 어둠에서 반짝일 때
기분이 이상해

나를 위해 흔들리는 불빛에
커다란 책임감이

오직 나에게만 쏟아지는 주목에
소중함과 부담감이

귓가보다 마음을 울리는 함성에
주체 못할 행복함이

한꺼번에 쏟아지는─
아마도 그건 사랑일 거야

이 벅차오르는 감정이
내게서만 머물지 않게
오늘도 내일도 열심히 살게

내게 찾아온 너란 기적이
헛되지 않도록

너의 의미

심지어 나조차도
믿지 않았던 비행

하릴없이 쳐져 있던 나를
하염없이 기다려 준 너

어쩌면 나보다
더 힘들었을
너의 끈기

혼자 걷는 줄 알았는데
둘러보니 함께였음을
알게 해 준

기적 같은
너의 웃음

영원히 지켜 줄게

어른

뒤돌아보면 그곳에
남몰래 숨죽여
눈물을 참아 내는
한 어른이 있습니다

항상 나보다 상대가 우선이어서
모두를 챙겨 주는 따뜻한 사람

본인이 아플 거보다
주변 사람들에게 피해를 줄까
하루하루 진심 다해 살아가는 사람

그대도 오롯이 감정을 쏟아 내도 되는 걸요,
라고 말해 주고 싶어도 꿋꿋할 사람

그런 그대도
정말 힘들고 지치는 날이면

여기로 와요
우리가 어른이 되어 줄게요

그대는
늘 열아홉 살이니까

꼬인 위치

마주 보지도 않고
만나지도 않는
형이상학적 관계

같은 공간에 있음에도
만나는 그들과 다르게
관통하는 이들

이들의 시각은
내뿜는 진정을 외면하고
머금은 진동을 뱉어 낸다

태생적인 문제일까
태도의 문제일까

아마도 동일 평면에 있다는 걸-
받아들이지 못해서겠지

오염

한 방울의 잉크가
그을려 버리는 비커처럼

쏟아지는 유성 같은 찬사에도
튀어나온 송곳처럼 거슬리는 그것

돌림노래처럼 나를 계속 맴돌아
계속이고 어지럽힌다

아니야 신경 쓰지 마
해도 문득 떠오르는 메아리

그대가 있어 희석은 되지만
결코 지워지지는 않는다

검은 물방울들이여,
당신이 무심코 흩뿌린 입자들은 영원히 박힐지니
부디 스스로 기화되기를

그리고 우리는

그대의 압지(押紙)*가 되겠소

그대는 아프지 마소서

. . . .

* 압지(押紙): 잉크나 먹물 따위로 쓴 것을 번지거나 묻어나지 않도록 마르기 전
  (前)에 그 위를 눌러서 빨아들이게 하는 데 쓰는 종이.

잊지 말자, 나는 기적이라는 걸

과녁

세 손가락에 간신히 매달린 현이
춤을 추며 만들어 낸 작용과 반작용에
비틀거리듯 날아간 녀석이 행하던 그 과녁

한 번이라도 더 비추기 위해
모든 걸 걸었던 익숙지 않았던 경쟁

시선과 다르게 움직이는 시절 속에
시위 당긴 시나위가 시위하듯 시퍼렇게 시려 온다

간절하게 쏘아 올린
다 같이 만들어 낸 파란에
비로소 뭉툭해지는 마음새

촉이 좋은 날 올려 보내는
고이 접어 매단
화살기도

나 그대의 과녁이 되리다

풍경

서는 데가 바뀌면
풍경도 달라진다던 그 말

숨 가쁘게 달려온 나머지
잊어버렸던 처음의 그 다짐

인간은 본래 간사한 법이야-
라고 애써 합리화하던 나는,

너의 작은 날갯짓에
스스로를 꾸짖는다

고난의 길을 잊지 않는
희망 가득한 나비가
겸손하게 뿌리는 빛을
좇아가는 수많은 누에들에게

잊지 말자, 나는 기적이라는 걸

나비의 달라진 풍경은
더욱 고마운 활공이었음을

인간은 본래 감사한 법이야-
라고 힘써 일러 주는,
오늘도 아름다운 너의 비행

막내

빗발치는 애정에
익어 가는 열매

푸릇푸릇해서
몸 둘 바 몰랐지만

이제는

거센 빗속에서도
감기 걸리지 않는 법을

따스한 햇살 속에서도
늘어지지 않는 법을

거친 바람 속에서도
떠밀려 가지 않는 법을

푸르른 날 속에서도
휩쓸리지 않는 법을

체득해 버린
여유로운 고주파

문득 떠오르는 그 말,
자식은 부모를 비추는 거울이라는 거

오다 주웠죠

월요일이죠
그대를 찾아왔죠
알고 있죠
힘들어도 버텨 내고 있다는 걸 말이죠

나의 작은 이것이
사막 같은 한 주에
오아시스가 될 수만 있다면
수백 수천 장도 드릴 수 있죠

그런데 말이죠

힘을 내는 그대를 보고
내가 더 힘이 난다는 거,
그대는 아마 모르겠죠

갇혀 버린 피사체가 된대도
항상 사랑 담은 표정으로 그대를 향하죠

받은 것보다 더욱더
늘 그대를 응원하고 있죠

아프지 말고 건강히
씩씩하게 살아갈
이번 주도
잘 채워 나가길 바라죠

얼음꽃

네가 주는 달콤함은
닮아 내도 계속 맴돌고

나도 모르게 순식간에 비워 내는
나의 당연한 일상이 된 너

알게 모르게 쌓인 고단함은
그렇게 씻겨지고
저절로 미소가 번져 간다

이제는 당연히 치르는
의식이 되어 버린

가장 차가운 너에 대한
가장 뜨거운 마음

이 달달한 행복이
영원하기를 바라며
베어 무는 한 입

잊지 말자, 나는 기적이라는 걸

오늘 하루 종일 맑음

아름다움을 얻고자
만능열쇠를 찾아 떠났던
대결 같았던 여행

신형 도로 위의 낡은 학당에서
함께라서 행복한
영웅 같은 소녀들은 여왕이 되고

너희가 삶을 아느냐는
괴팍한 질문 위에 선 우상은

달콤한 차 한 잔을 내리며
내 안의 환상을 아는 듯한
전지적 시그널을 열 번 넘게 껐다 켜고-

별이 빛나는
비밀스런 이 밤에
다시 쓰는

꿈꾸는 스케치북

숨겨진 기적을 찾아
자정의 희망곡이 흐르는
놀라운 나의 음악당

돈키호테처럼 가면을 쓴 마음은
어느새 탈출하여
굳센 사랑으로
따라 달리는 일기가 된다

불후의 입맞춤을 빌린
오늘 세상은 하루 종일 맑음

무재(無才)

많은 마음을 꾹꾹 눌러 담아
펼쳐 놓은 나의 노력들

준비한 만큼
진실한 만큼

부족함 없이
잘해 냈는데

네가 없다

풋풋하고
조금 모자랄지언정

늘 외쳐 주던 네가 있는
부족한 그맘때가 더 그리운 순간들

나의 부재(不才)보다

너의 부재(不在)가
가슴을 더 후벼판다

내 인생이란 무대에는 네가 있어야 한다는 걸

아직도
밤들을 걷는 시간 속에서
별들 속을 헤매는

그런 게 더 깊게 새겨져
바래지 않을 우리들의 회전목마

귀소

기나긴 고민 끝에
갈림길에서 내린 선택은
결국 너였어

당연히 정답은 없겠지만
나의 이유가 되어 버린
고마운 너의 웃음

새롭게 시작하자마자
낙인처럼 찍혀 버리는
그 숫자는 중요하지 않아

내가 나일 수 있고
네가 너일 수 있는
우리라는 봄

그저 그렇게 웃어 줘
그게 나의 천국의 계단이니깐

벗

마라샹궈 같던 중독성
그렇게 내 마음을 미웅이던 너는
행복을 뭉텅이듯 내 테두리에 차올랐다

로랑색의 아리따운 모습으로
지친 하루를 쿵쿵이던 나의 활력소

너의 외침에 세상의 계절은 달라지고
너의 속도에 나의 영화는 할리 내내 재생된다

고땡스럽게
하늘에서 내려온 기적은
가라앉은 나를 제키에 맞게 어부바해 주고
그저 바라만 봐도

마음이 저절로 간지러운
소중한 내 별빛

너의 은하수가 되도록
하루하루를 이겨 낼게

나는 네가 걷는다

아득한 풀 내음이 반짝거리고
새들이 가지 속에 번쩍거리면
괜스레 마음이 시큰거렸다

이를테면 너를 떠올리는 일,
나의 하루는 너의 하루와 손잡고 있을까

들려 있던 걱정과 시름은
너와 맞잡으려 다 흘려 버렸다

안녕을 기약하는 그 말에
종종이던 나는 이내 곧 터벅이고

걸음마다 드리우는 아른거림에
다음 발을 내딛기 어려웠다

이 보폭들을 모으고 모으면
너에게 건너갈 수 있을까

자라나는 발끝마다
나는 네가 걷는다

연탄곡[*]

찾아낸 나의 그대가
한 걸음 더 가까워질 때
바다는 그렇게 분홍빛으로 물든다

네가 불어오는 날
내가 들려주는 날
이리도 정성스레 물드는 비밀스러운 정원

꼭 기억하기를
그 속도는

첫째도 둘째도 셋째도 넷째도 다섯째도
너라는 계절이었음을

이렇게 바다가 하늘이 되자

. . . .

[*] 연탄곡(連彈曲): 한 대의 건반 악기를 두 사람이 함께 치며 연주하기 위하여
    만든 곡.

보글보글 가득 차던 그 여름날

로켓을 타고 날아가
쉬이 집어 든 별 한 조각을 떠다가

나만의 그대에게
수줍게 인사하는 연주곡

이 선율은 그대와 함께
오선지 속에서 계속되리오

2

나라는 기적

보험

마음에도 보험이 있으면 좋겠다

감정을 감정으로 공격하는 사람들
그들 때문에 생긴 감정은 어디로 가라는 걸까

비판이 사라진 비난 위에서
헐벗은 내 자아는 갈 곳을 잃고

생채기가 덧나지 않도록
오늘도 감정의 가면을 든다

이렇게 다쳐버린 우리의 마음을
다독여 줄 그런 보험

마음에도 보험이 있으면 좋겠다

조금만 기다려

성적이 조금 다른 날이면
나는 이 말을 해 줬다

친구가 취업턱을 내던 날
바람 쐬러 나와 이 말을 중얼거렸다

최 대리가 승진하던 날
잠깐 화장실 한 켠에서 이 말을 다짐했다

너의 청첩장을 받던 날에도
피로연장에서 이 말을 만지작거렸다

무언가 보통과 다른 것 같은
아직 오지 않은 나의 시간들

그래서인지
금요일 저녁
음악 방송에서 나오는 이 말이

갑자기 내게 위로가 되는 건

늘 내가 나에게 하던 말을
누군가 나에게 해 줘서일까

잘해 왔잖아,
조금만 더 기다려

잊지 말자, 나는 기적이라는 걸

못갖춘마디*

여린내기에 놓인 나는
늘 첫마디에 갇혀 있다

작은 음으로 짧게 구성된 나의 음운은
운율이 될 수 있는 걸까

이다지도 알려그래도
빗발치는 나라고

다독이는 가락 속에서
도돌이표는 당김음이 되고

다가올 듯 다가오지 않는

....

* 못갖춘마디(incomplete bar): 박자의 제1박 이외의 박으로 시작하는 여린내
기의 악곡에서는 첫 마디에 박자의 수만큼 음을 가지고 있지 않으므로, 이것
을 못갖춘마디라고 한다. 이 경우, 이 악곡 마지막 마디의 박수(拍數)와 합쳐
서 완전한 1마디의 박수가 되는 것이 보통이다. (파퓰러음악용어사전 & 클래
식음악용어사전, 2002. 1. 28., 삼호뮤직 편집부)

나의 마지막 마디

그 언젠가
완전한 박수가 되도록

오늘도 악절을 내딛는
나의 차례가기 가락

빈칸추론

다음 빈칸에 들어갈 말로 가장 적절한 것을 고르시오

수많은 선택지들 가운데서도
난 이 문제를 버거워했다

어떻게 채워야 할까
무엇으로 답해야 할까
시간은 부족하지 않을까

다른 사람들은 저렇게
훌륭하게 답을 적어 내는데

나는 왜 이다지도
똑똑하지 못하고
재능도 없으며
노력도 부족한 걸까

정답을 고민하던 찰나,

불현듯 스치는 생각에
OMR을 메우지 않았다

모든 걸 채우려고 했던 지난날들
늘 틀리던 문제여도
결코 부정한 일을 하지 않고
묵묵히 자리를 지킨 것도 괜찮다고

답하지 못하는 나와의 조우가
답해 주는 나만의 진정한 여래

다음 빈칸에 들어갈 삶으로 가장 적절한 것은 없으니까

잊지 말자, 나는 기적이라는 걸

꿈틀대던 희망이
처절하게 사라져 가는 걸
황망히 마주할 때

남의 하이라이트에
나의 일상을 견주다
막막해질 때

답답하고 짜증 나서
힘에 부쳐
칭얼대고 싶을 때

가슴에 무언가 얹힌 듯
너무 불안하고
긴장될 때

자신이 너무나
보잘것없고

하찮아질 때

… 어쩌면
지금의 우리를 만든
가혹하고 잔인한 수많은 시간들

늘 그랬던 것처럼,
신발 끈을 고쳐 맬 우리

그럴 때마다
잊지 말자, 나는 기적이라는 걸

서수

나는 기수가 좋다

누군가에게 이기고, 누군가에게 지는 숫자가 아닌
하나하나를 세어 주는 기수

그런 기수를 비웃듯
세상은 서수로 가득하다

서수에 의해 피지 못하는 꿈과
서수로 인해 상처받는 나날들

줄 세우기의 경우의 수는 너무 아파서
모두가 같은 줄에 서서 각자를 바라보고 싶다

어느 하나 소중하지 않은 간절함이 있으랴

하지만 서수에 길들여진
잔혹한 이 세계

차라리 존재하지 않는 허수이면 좋겠다

나의 정원의 크기와
너의 정원의 크기의
크고 작음을 비교할 수 없는 허수

잊지 말자, 나는 기적이라는 걸

식사(Sick 事)

젓가락질 몇 번 하고 나면
이따금씩 눈물이 나곤 했다

하루 중 유일하게 주어지는
휴식 시간인지 생계 시간인지
그마저도 뒤죽박죽이던 한 시간

내가 달래는 건 허기일까
영혼의 공허함일까
아리송할 시간도 없던 나날들

왜 이러고 있는가
무엇 때문에 이렇게 사는 건가
문득 피어오르는 의문

그래도 견뎌야지 해내야지
주저앉은 마음을
다시 일으켜 세우고

닦아 낸 눈물 자국을
영광의 흉터로 여기며
간신히 추스르는 나의 진짜 모습

좋은 날이 올 거야
애써 하는 다짐으로
끝내는 밥 한 끼

잊지 말자, 나는 기적이라는 걸

관성[*]

바깥에서 거센 힘이 들어오지 않은 건 아니다

올곧이 나의 상태를 지속하는 것
그 중심 잡기로 소진하던 모든 에너지

진행하고는 있으나
아주 조금은 흔들렸고

잠깐의 방심도 허하지 않던
이 일련의 과정

그 옛날 깊은 고뇌에 빠졌던
긴 턱수염의 이방인처럼

....

* 관성(Inertia): 관성은 물체가 외부에서 그것의 운동상태, 즉 운동의 방향이나 속력에 변화를 주려고 하는 작용에 대해 저항하려고 하는 물체의 속성을 말하며, 이 속성은 물체가 갖고 있는 질량의 크기로 정량화될 수 있다. (물리학백과, 한국물리학회)

발견해 내기까지 겪었을
차마 이입하지도 못할 핍박과 수모

그러나 아랑곳하지 않고
지금의 이것을 지탱할 수 있는 것은
나에게는 아주 커다란 네가 있어서-

질량이 클수록 운동상태는 변화시키기 어렵기에
감히 측정도 되지 않을 기적들의 무게

바깥에서 거센 힘이 들어오지 않은 건 아니다
안에서 자라난 힘이 더 강했을 뿐

그래서 나는,
처음 사랑했던 대로 그대를 사랑하고 있으매
어제도 오늘도 내일도 그리할 테요

불면

내가 오늘 잠들지 못하는 까닭은
그대의 안부가 궁금하기 때문입니다

치열한 하루를 살아 내느라
그대를 떠올릴 틈이 없었지만,
이것은 비열한 변명입니다

오늘 하루는 어땠나요
나의 하루는 이랬어요
라고 재잘대던 우리의 하루가 그립습니다

문득 그런 생각이 듭니다
만약 저울이 있다면,
그대가 준 사랑은 나의 것에 비해 한참 기울 것이라고

늘 부족하고 늘 모자란 나지만,
날 바라보던 그대는 항상 맑고 영롱한 눈망울로 반짝였습니다
그건 진심이 담긴 사랑이었습니다

그러는 그대는 내게 너무나도 눈물겹습니다
나는 언제쯤 이 사랑을 다 갚을 수 있을까요

이름만 들어도 가슴이 무너지는 그대에게 해 줄 건
오늘도 온통 열심히 사는 것밖에

오래도록 머물러 주세요, 내게

하루 끝

어두운 밤이 터벅터벅 꼬리가 되어
기나긴 무언가가 기어이 끝을 보일 때

들어선 곳에서
쌔근쌔근 합창하는 천사들과
내일을 이야기하는 고요함

수고했다는 그 한마디로
나를 너무나 씩씩하게 만들어 주는
그대가 저절로 보고 싶다

어떤 그리움은 너무나 안아 주고 싶어서
이윽고 고개 드는 애틋함에 아릿해지고

말라 가는 머리카락 속에
피어오르는 막막함은 한숨만 생산하지만
그대라는 갈무리는 나를 또다시 꿈꾸게 한다

메커니즘이 된 알고리즘인지
알고리즘이 메커니즘이 된 것인지

끝없이 쏟아지는 그대를 벗 삼아
안녕을 고하는 하루

여정

마치 오래된
미륵불 설화같이

가던 길을
되돌아보고선
굳어 버린 아이

잘 하고 있는지
잘 가고 있는지

느닷없이 찾아온
성찰의 시간

가슴에 쿵 떨어지는
무게추에 짓눌려
막혀 있던 세월

그렇게 목놓아 울부짖던
아이 앞에
흩어지는 해바라기

햇살의 노래와
바람의 춤으로 전하는
정령들의 위로

그러다 문득 피어오르는 깨달음

두렵고 불안한 것은
내가 많이 부족해서가 아니라
내가 많이 간절하기 때문이라는 것

눈물로 밀어낸
묵혀 왔던 감정은

씩씩하게 일어나
제 갈 길을 간다
나를, 찾아서

수취인불명

사실은요
저는 좋은 사람은 아니에요
그런데도 자꾸만 좋다고 하는 당신 때문에,
제가 좋은 사람이 된 것만 같아요

그래서
이 기분 좋은 착각이 저물지 않게,
정말 좋아하는 좋은 사람 당신이 실망하지 않게,
모든 순간에 열심히 살아가고 있어요
어디선가 당신이 보고 있다고 생각하면서요

잘하고 있다고 흐뭇해할 서로를 그리며
그대도, 저도, 각자의 하루를 채워 가는 거겠죠
그러니 보고 싶다는 말은 하지 않겠습니다
우리는 이미 이렇게 마주하고 있으니까요

혼자가 아니라는 걸 알게 해 준 이 시대 속에서
우리들의 항해가 계속되는 동안 모두 아프지 않기를

이 푸르르던 숲길을 거니는 동안 모두 축복받기를
그리고 곧 기적적으로 다시 만나기를

그대는 늘 저를 뿌듯하게 만들어 주어서
저의 새로운 계절은 오늘도 향기로 가득 채워집니다
나도 그대의 자랑이지요?

다도해*

어느 날 스스로 떨어진
그 무인도

갇혀 버린 그곳에는 아무것도 없어
모든 걸 스스로 해야 했다

답답하고 막막하더라도
슬퍼할 겨를도 없다
이것은 생존의 문제니까

그래서 그런 건지
더 예민해지는 시청각은
어디선가 나를 찾는 목소리로 착각하고

기약 없는 메아리는
결국 공허한 울부짖음으로 돌아온다

잊지 말자, 나는 기적이라는 걸

나를 알아 달라는 외침이
부딪혀 갈라지는 공중

너무나 얄미워서
있는 힘껏 덤벼든 허공에

별안간 보이는 바다 너머 섬 하나
섬 둘, 섬 셋, 섬 넷, 섬 다섯, 섬 여섯, 섬 일곱……

이 이름 없는 작고 수많은 섬이
옹기종기 내 주위에 모여 있다

저마다의 섬들이 모여
이토록 푸르른 바다를 이루고 있는 걸

나의 겨울은 끝났어
이제 너희에게로 건너갈 거야

나의 노래

우리는 꿈을 노래합니다
척박한 보통의 삶에서
아직도 흐르는 긴 햇살

우리는 기적을 노래합니다
언젠가 슬픈 밤이 올 때마다
피어나는 새로운 계절

우리는 설렘을 노래합니다
상상의 바다를 첨벙대다
닿기를 기도해 보는 지름길

우리는 행복을 노래합니다
반짝이는 따스함이 우리를 감싸고
일렁이는 봄이 건네는 인사

우리는 위로를 노래합니다
이상을 잊고 추는 춤처럼

빛을 따라 올라간 바닥끝

우리는 당신을 노래합니다
다정하게 안녕히 건네는 언어로
울창한 숲을 이룰 소리 없는 그대를

비행

그날 빠져 버린 건
그들을 향한 진심

나의 두려움보다
사랑의 크기가 더 컸기에

두 눈 질끈 감고
외쳐 보는 염원

제일 작은 곳에서 시작된
제일 큰 마음은 눈이 부시게 반짝이고

마침내 수렴하는
세상에서 가장 완벽한 착지

보아라 이토록 찬란한 나래를

푸른 계절

생활관에 울려 퍼지는
한 주간의 음악방송

고된 일과 끝
이곳은 콘서트장이 되고

막막하고 아득한
이 생활의 끝은 잠시나마 잊힌다

나는 어디쯤이고
어디로 가고 있는 걸까

고민과 정체가 가장 많은 그 시기를 견디게 해 준
PX의 간식보다 달달했던 그대들

관물대에 있는 당신을
오롯이 마주하기 위한
그날만 생각하며
오늘도 들쳐 메는 군장

어스름

저물어 가는 건
눈앞의 길일까
마음의 길일까
가닿지 못할
나의 푸르름.
오늘도 나처럼
해가
저문다.

오늘의 운세

분명 오늘은
기운이 좋지 않으니 조심하랬는데

그대를 마주하려니
없던 기운도 생깁니다

내게 어떤 시련이 오더라도
다 맞설 것만 같은
걸음이 가벼운 날

마음을 간질이는
가열찬 하루를 이끄는 힘을 주소서

수많은 오늘을
운수 좋은 날로 맹그는

나의 행운은 그대입니다

어느 날

1
어느 날이었다
작은 바람이 일어 회오리가 되듯,
작은 바람이 커져 꿈이 되었다
평범하지 않은 그 꿈은
나를 지독한 연습벌레로 만들었고,
쉬지 않는 주자가 되었다
나는 그렇게 꿈에 한 발짝 다가간다고 생각했다
그러나 나를 시험하듯,
갑작스레 그 길은 가로막혔다
부단한 노력의 역습이 아닐 수 없다
노력하면 된다고 그랬다
열심히 하면 꿈을 이룰 수 있다고 했다
지금의 이 고통은
목표를 달성하면 그저 아무것도 아니라고 생각했다
그런데 그 길을 못 간다니
나는 어떻게 해야 하고
나는 어디로 가야 하나

잊지 말자, 나는 기적이라는 걸

2

어느 날이었다
갈 수 없는 그 길옆으로 다른 길을 찾았다
지금껏 본 적 없는 길이지만 달리 방도가 없었다
그곳으로라도 걸어가 봐야지
그렇게 걷기 시작한 오솔길에서,

나는 지금 달리고 있다
삶의 길은 늘 내가 의도한 바와 다르게 흘러간다
그럴 때마다 가로막힌 현실에 안주하느냐
또 다른 길을 나설 것인가는
나에게 달렸다
용기 내서 시작한 새로운 항해는
비록 다른 길이지만 나를 지금으로 이끌었고,
이제는 그 말을 실감한다
인생은 속도가 아니라 방향이라는 걸

3

끝이라고 생각했던 순간이
언제나 새로운 시작의 첫걸음이었다는 것을 기억한다는
어릴 적 어느 드라마의 대사처럼,
내가 작아지고 내가 무너질 때마다
씩씩하게 이겨 냈으면 좋겠다

그른갑다~
이렇게 중얼거리면서
하고 싶은 일 하면서 살기를

걸어 본다

걸어 본다

불투명한 진눈깨비 속
그대가 남긴 발자욱들

뚜벅뚜벅 영화처럼
걸어간 그대 흔적은

첫발을 내딛던
그날의 환호를 떠올리게 하고

파고드는 매서움에도
진흙길을 이끌어 주니

나의 긴 꿈은
그대와 함께
현재 진행형이기에
끝나지 않았나 보다

걸어 본다
그대처럼 발자욱을 새기며

걷어 본다
늘 나를 옥죄는 불안감을

잊지 말자, 나는 기적이라는 걸

즐거운 나의 삶

참 재밌지 않아?

구구단도 어려워하던 내가
더하기 빼기 곱하기 나누기도 할 줄 알고

이제는 방정식뿐 아니라
삼각함수에 미적분도 해

엄마가 이거 안 외우면
과자 안 준다고 했던 그게

그때는 너무나 하기 싫고
언제 다 외우지 전전긍긍했었는데

돌이켜보면
막막하고 아득해서
나를 옥죄던 순간들마저

차근차근 성장하고 있었음에도
스스로 가혹한 채찍질을 해 왔단 걸

이제는 말이야
쌓여 가는 시간들 속에서
조금이라도 자라난 내 모습이 기대되기에

참 즐거운 인생

겨우

차라리 눈을 감고
자는 시간이 유일한 낙이었던 겨우살이

차마 죽겠다는 말은
그대라는 유일함에 삼켜 냈던 겨우 한 침묵

그 언젠가 아인슈페너로 겨우 달랜
채찍질 가득한 말발굽 소리마냥
지치지 않고 질주해 온 하루하루들

전력으로 달려 나가 버린 전력에
자꾸만 커지는 하품과
계속이고 닫히는 눈은
그럼에도 겨우 깨어난다

이 순환의 끝이 없다 해도
그럼에도 계속이겠다
겨우 그뿐인 사람은 아니니까

그것이 한평생 질문하는 신에 대한
나의 끊임없는 겨우 내 대답이라는 걸

잊지 말자, 나는 기적이라는 걸

결심

어떠한 선택을 하고
그러한 감내를 하며
저릿한 외로움 하에
성숙한 책임을 하여
온전한 자아를 하다

그럴듯 해도
그렇지 못한
눈물의 나날

짊어진 무게에도
꿋꿋한 견뎌냄에
또다시 시작한다

수없이 넘어지던 나날
수많이 일어나던 나날
수천번 외쳐주던 나날
수만번 바라보던 나를

오롯이
올곧게
나는
꽃피운다

잊지 말자, 나는 기적이라는 걸

네모의 꿈*

드러내기 싫어했던
내게는 버거웠던 네모 칸

즐거운 모습으로 가득 찬 그들이
업신여기듯 비대칭 미소를 보낼 쯤이면

아랑곳하지 않고 감아 버린 나는
어느새 스며든 안갯길 너머로 날아간
힘없이 고꾸라지는 가오리연처럼
곤두박질쳐진 나의 네모를
소리 내어 다그치지 못한 채 집어 들고선
나지막이 읊조린다

매번 갈아 끼우는 너희들과 다르게
온새미로 가득한 나의 네모가
독야청청하리라는 것을

네모 안에 담기에 흘러넘치는

진정한 됨됨이를 짚어 보며

떨쳐 내는 소음공해

잊지 말자, 나는 기적이라는 걸

부디

조금 늦어도
괜찮아

부디
다치지만 말기를
늘 건강하기를

그저 바라볼 수만 있다면
우리 사랑했던 기억
그것만으로도 나는 충분해

그 마음 다 아니까
서두르지 말고
조급해 말고
조심히 돌아오기

우리의 바람개비는
그곳에 서서
영원히 멈추지 않을 테니까

참견

답변하겠습니다

먼저 걔네들이 밥 먹여 주냐고 하셨습니다
네 그렇습니다 제 영혼을 배부르게 합니다

다음으로 나이가 몇인데 걔네 따라다니냐고 하셨습니다
사랑에는 나이가 없음을 말씀드립니다

이어서 걔네 따라다녀 봐야 남는 거 하나도 없다고 하셨습니다
당신이 가늠하지 못할 행복과 위로가 남는다고 하겠습니다

그리고 안 유명한 그런 애들을 좋아하냐고 하셨습니다
세상에는 1등만 존재하지 않습니다만, 1등이 아닌 당신도
누군가에겐 1등입니다

또 걔네가 너랑 연애해 주냐고 하셨습니다
연애의 끝엔 이별이 있겠지만 이 사랑엔 이별이 없습니다

마지막으로 정신 차리라고 하셨습니다

누군가를 조건 없이 사랑해 본 적 없는 당신이 안타깝습니다

끝으로 제가 질문드리겠습니다

그대는 정녕 누군가에게 뜨거웠던 적이 있나요?

활화산[*]

단 한 번만 우뚝 솟아라
지금까지 부글대던 불구덩이는
그러고선 침묵할 테니

계속이고 흔들리고 어지럽던
지하 깊은 곳에서부터
지독하게 구토하더라도 주먹을 꽉 쥔 건

나에겐 마그마가 있으니까
그날이 오면 발산할 뜨거운 그것

그렇게 지표 밖으로 분출하기만 한다면
대지를 모조리 뒤덮을 것만 같았다

....

* 활화산(active volcano, 活火山): 아직 활동력이 있고 앞으로도 분화나 분기의
  활발화 · 지진군발 · 명동 등의 화산성 이상현상이 일어날 것으로 인정되는 화
  산으로 현재 활화산으로 취급하지 않는 화산이 다시 분화가 일어나 활화산으
  로 변모할 가능성이 있다. (두산백과)

잊지 말자, 나는 기적이라는 걸

그러나 분화가 진행되자마자
이 씩씩한 패기는 화산가스로 휘발되고

호락하지 않던 이 지각의 틈들은
이내 곧 매몰되었다

이렇게 조용히 안녕을 건넸던 수많은 휴화산들처럼
몹시도 설레어하며 기대했던 나 또한 그리되겠지

허나 맨틀에서부터 꿈꿔 왔기에
그럼에도 꿋꿋이 저어 가겠다

내 찬란한 용암이 모두 마르는 그즈음까지
쉼 없이 빚어낸 화성암같이

단 한 번의 분화 활동이 아닌
여러 윤회가 되도록 극렬하게 태우다

그대를 다독일

유해하지 않은 따뜻한 샘이 되고프다

봄의 요정

계절에만 어울리는 사람일까
그러기엔 너무나 침엽수이고 팠다

주말에 날 잡고 한꺼번에 개어 버리는
얼마간 있다 들어가는 녀석들이 아니라

훌렁이는 시름을
살며시 걸어 주는 받침대

나선형으로 비행하는 꽃잎에
서서히 들려오는 맑은 소리와

싱그러운 미소가
너그러운 포옹이 되어 가는 이 공간

서로를 마주해야
찬란하게 빛나기에

나지막이 불러 보는 또 다른 이름,

봄의 요정

뛰어오르지 못하는 오늘

뛰어오르지 못하는 오늘
나의 심지는 몇 번이나 타들어 갔다

촘촘하게
뜨겁게
설레게
그렇게 둘렀던 오늘

마지막 장식을 얹다
아차 했던 찰나

나의 마지막 꾸밈이
차마 뭉뚱그려져서
어찌할 바를 모르고
내 마음은 앙상해졌다

그러자마자 아무렇지 않게
그런 오늘을 집어 들고선

개의하지 않은 너는

나에게 내일을 주었다며
눈을 깜빡였다

가난한 마음을 살찌우는 그 반짝임에
앳된 마음은 저물고

뛰어오르지 못하는 오늘
날아가는 내일이 가득 차서
나의 심지는 몇 번이나 불꽃놀이를 한다

향수

멀리서 볼 땐 아무것도 없고
가까이 있어야 진정한 가치를 느끼는
액체인지 기체인지 알 수 없는 그것

곁에 두어도 상중하가 되는 그 향처럼
우리의 내음도 변해 가고 있는 건가

날아가는 분자들이
남아있는 알코올들에게 묻는다

아른거리다 사라진 잔상만큼이나
어른거리다 부서진 잔향들

그 향긋함에 속삭이는 콧날은
저절로 눈이 감아지고

네가 피어날 때마다
나는 그 향을 흩뿌렸어

진해지는 이 화학작용만큼
우리의 관계도 그와 같기를

가까이 있어야 진정한 가치를 느끼는

공중에서 느껴진다
네가,
그 사랑이

맺음말

나를 알아줘서

나를 찾아내 줘서

나를 선택해 줘서

나를 믿어 줘서

나를 응원해 줘서

나를 좋아해 줘서

나를 사랑해 줘서

어제도 많이 많이 좋아했고,

오늘도 많이 많이 좋아했습니다

이제 우리의 내일을 보여 줄게요

3

우리라는 기적

1581

그래, 길었다

허공에 갈라지는 가능성이
꼬리 긴 반원을 그리며
머무른 시간

다독여 봐도 채 손이 닿지 않는
지독히도 잔인했던
꿈꾸는 다락방

한 사람의 일곱 걸음보다
일곱 사람의 한 걸음으로
조각해 낸 우리의 수채화

숫자 하나가 주는 시간의 퇴적에
주저앉아 버린 마음은

잊지 말자, 나는 기적이라는 걸

기쁨의 겨를 없이
소란스레 기적이 샘솟고

한없이 무너지던 나를, 우리를,
붙잡아 주던 잎새들의 지저귐

그래, 잘했다

계단

나른한 오후에
널브러진 마음은
화면을 계속 전환시키고

넘기고 넘기다 스쳐 가는
하얀 가운을 입은 분의 한마디-
계단이 건강에 좋습니다

그랬다
나 역시 늘 타고 싶었지만
그저 바라만 봤던 승강기

너무 지치고 힘들어서
간절히 원한다 두드려도
굳게 닫힌 문

하행선의 탑승객은 없는데
상행선의 일등석은 있다

잊지 말자, 나는 기적이라는 걸

우린 그저 맞잡은 피투성이 손으로
힘차게 계단을 오르는 수밖에

도착하고 나니 이제야 보인다
상자에 갇힐 때 보지 못한 풍경이
숨이 차오를 때 내밀던 서로의 손이
발을 헛디딜 때 잡아 주던 여러분이

한순간에 찾아온 행운이 아닌 단계의 계단-
계단이 건강에 좋습니다

모든 사람은 아이돌

동트기 전
가장 어둡고 매서운 시간에
거리를 쓸어 내며
아침을 여는 사람들

수많은 인파 속
부대낌을 인내하며
각 가정을 대표하는
아침을 함께하는 사람들

살기 위해
때우는 끼니와
벌기 위해
지우는 끼니

여유 없는 신체와
치유 없는 마음속에
오고 가는

가시 돋친 각박함

매일매일
피고 지는
저마다의 고단함과
저마다의 막막함

그럼에도 묵묵히
견뎌 내는
버텨 내는
살아 내는
그들,
우리들은 아이돌

dnflEkfghhkdlxld

뜻을 알 수 없는 그 단어는
모든 곳에 흔적을 남겼다

100원의 정보이용료도
아랑곳하지 않던 그 단어

때로는 혼자 최후의 항전을 하듯
여론과 맞서 싸웠고

때로는 다른 사람들과 다 같이
하하 호호 웃으며 엄지를 날렸다

항상 나의 편을 들어주는 그 단어는
내가 아는 누군가와 무척이나 닮았는걸

대단하다고,
잘하고 있다고,
보기 좋다고,

잊지 말자, 나는 기적이라는 걸

늘 정성스레 한 줄이라도 남겨 주는 그 단어가
오늘도 나를 일어서게 한다

이따가 잠들기 전에 나도 가입할 거야
djaakdkQktkfkdgody라고

가족사진

나무 한 그루가 지은
자유로운 마음

흩어진 선율을 조각하고
영혼의 맵시를 담던
빛나는 영사기는

이내 곧 사자의 포효를 머금고
널리 진정한 미를 알린다

원만히 이끌던 민첩함은
기적을 기획하고

사랑하는 사람들의
조바심 가득한 염원이 더한
낡은 지갑 속 만개

오늘도 든든하게 지휘하는
일곱 빛깔 오선지

한순간도 혼자인 적 없는
하나를 위한 전체
전체를 위한 하나

짓다

글씨를 쓰다
편지를 쓰다
소설을 쓰다

음식을 만들다
노래를 만들다
인형을 만들다

약을 짓다
농사를 짓다
건물을 짓다

무언가를 생산해 내는
다들 비슷한 말인데도
어딘가 더 오래 걸리고
어딘가 더 정성 들인 것 같은
'짓는다'

그래서 이름도 짓는다고 표현하나 보다

쉽사리 정하지 못한 걸
미안해했지만 나는 알고 있어,
얼마나 고심하고
얼마나 공들여서
지어냈는지 말이야

먼 우주를 돌아서 만난
그런 느낌이 드는 이름에게

반드시 걸맞은 선물을 선사하겠노라,
애틋한 우리만의 약속을 새기는 새벽

물음표로 들여다본 너는 느낌표가 되었다

저희를 아세요라는 물음이
저희를 아네요라는 대답이 되기까지

그렇게
물음표로 들여다본 너는
느낌표가 되었다

흠결 없던 그 진중함은
모두가 우상이라 부르는 네가
우리의 우산이라는 걸 깨닫게 하고

조금씩 배어드는 깊은 향기에
내리는 비는 잊혀진다

억겁의 시간 동안 엉겁이 된
아련한 우리 이야기

잊지 말자, 나는 기적이라는 걸

그래서 그런지 이 서사가 영원하기를
마음이 커지니 울음도 커진다

이름만 들어도 눈물 고이는 그대여,
언제나 고맙고 항상 미안하오

1분

고마워
나에게는 1분이
너에게는 몇십 번째 1분일 텐데

늘 언제나
같은 마음으로
같은 자세로
날 반겨 줘서

보이지 않는대도
나는 볼 수 있어
날 향한 너의 사랑

고마워
너에게는 1분이
나에게 오기까지는 몇 년이 걸렸을 텐데

잊지 말자, 나는 기적이라는 걸

늘 언제나
같은 환호로
같은 감동으로
나에게 기적을 선물해 줘서

함께 있지 않을 때도
나는 느낄 수 있어
날 향한 너의 사랑

대기

멍하니 있을 때면
늘 보게 되는 너의 재잘거림

같지 않은 선상에도
함께인 듯한 시간 왜곡

길어지는 시간 속에
지쳐 가는 건 사실이지만

네가 건네준 달콤한 착각은
나를 채찍질하고

우리의 어긋난 시간을 메우기 위한
나의 몸부림이 너에게 닿기를

이런 기다림은
늘 그곳에 서 있는 너보다 작을 테니

동화

고난과 역경을 딛고
행복하게 살았다는
어렸을 적 만났던 낭만의 세상

산타클로스처럼
자라면서 잊어 갔던
내 마음의 풍금

그렇게
사라진 줄 알았는데

그대를 만나 펼쳐진
새로운 계절의 동화

그 시절로 날아갔던 풍선은
다시금 부풀어 오르고

이제는 봄을 기다리는
소년과 같은 마음

그렇게
동화가 되어 버린 우리

잊지 말자, 나는 기적이라는 걸

공연의 열역학[*]

숨죽인 어둠과 빛의 공존이
특정한 자전주기를 지나 같은 색으로 번질 때,
불특정한 공전주기로 찾아오는

어둠에서 빛으로 흐르는 광년의 에너지와
빛에서 어둠으로 흐르는 파섹의 에너지의 변환

등가교환인지 알 수 없는
그것은 사랑의 비가역성[**]

. . . .

[*] 열역학은 물질의 상태(state) 변화에 따라 발생하는 열(heat)과 일(work)의 양
    을 열역학 법칙으로 정의되는 에너지와 엔트로피 등의 열역학적 변수들을 이
    용하여 분석하는 학문이다. (화학백과, 대한화학회)

[**] 비가역성(Irreversibility)이란 어떠한 변화의 조건을 거꾸로 하여도 현상의 변
    화가 다시 본래의 상태로 돌아갈 수 없는 일방의 변화이다. (물리학백과, 한
    국물리학회)

… 하면서도

예쁘다, 하면서도 춥겠다
말랐다, 하면서도 밥은 먹었나
잘한다, 하면서도 고생했다
좋다, 하면서도 울컥했다
역시나, 하면서도 혹시나
귀 쫑긋, 하면서도 맘 쫄깃
고마워, 하면서도 미안해
보고 있어, 하면서도 보고 싶어

서로가 가닿지 못하면서도 맞닿아 있는 마음이,
서로가 잘 알지 못하면서도 알아 가는 모습이,
서로가 채워 주지 못하면서도 채워 가는 관계가,
서로가 가늠하지 못하면서도 가능하게 하는 그 크기가,
서로가 만나지 못하면서도 마주하는 눈빛이,
서로가 함께하지 못하면서도 함께 가는 순간이,
서로가 이겨 내지 못하면서도 견뎌 내는 시련이,
서로가 완벽하지 못하면서도 완전한 사랑이,

잊지 말자, 나는 기적이라는 걸

우리를 설명하는 수많은 순간들

늘 그렇게 있어 줘

너라서

나에게 오지 않았다면
너는 더 행복하지 않았을까

익숙하지 않은 감정들이 춤을 출 때마다
죽여 버린 불길함은
자꾸만 나를 탓하게 된다

마음이 아득해지는 날이면
너무나 미안해서 입술만 깨물었던 찰나들

그런 아무것도 아닌 나를
그저 토닥거린 끄덕임

나를 예뻐해 주던 네가
사실은 더 아름다웠다고

몇 번이나 주저했던
그날의 귓속말

너에게 와서
나는 더 행복하다고

그대가 건넨 말에
나의 아둔한 생각은 무너지고

그대의 슬픔을 거두려 했건만
나의 불행마저 삼키는 그대야말로
내 삶의 이유
내 삶의 기적

재회 ★

맞아,
사실 기다리고 있었어

달아나는 시간들이 삼켜 버린
소중했던 너의 모습들은

마치 놓쳐 버린 끈처럼
흩어져 굴러가 버리는 진주 구슬

서로를 향하던 마음이
혹여 갈라진 맘모스빵이었나
자꾸만 가늠하게 되고

토막 난 서사에 지쳐 갈 때쯤
다시 마주한 그때의 우리

여전히 소녀 같은
여전히 열심인

너를 보는
나의 마음은
시절인연

맑은 하늘을 잊고 살았던
가난한 내 마음에

여백을 양해하며
다시금 불 지피는 너라는 불씨

이제는 남겨진 기억이라 여긴
너라는 세상이 조심스레 걸어온다

그렇게 기적은,
다시 시작된다

인생은 롤러코스터*

롤러코스터를 타기 위해 서 있는 줄
차례대로 한 명씩 탑승하듯

저 사람에게 온 상승곡선은
곧 나에게 다가올 극대점

오르락내리락 반복하는
그 속에서 건네야 할 건
질투보단 박수

나의 미래를 본 것마냥
근사하게 건네는 축복은

한 바퀴를 돌고 플랫폼에 들어오는 저 열차처럼
곧 내게 쏟아질 기적

그 누가 예상했던가
박수치던 그들이
1억 번이나 흘러갈지를

잊지 말자, 나는 기적이라는 걸

우리 동네

그대가 흘린 꿈 한 방울은
기쁨으로 우리네를 적시는 비가 되고

등진 모서리에서 출발한 그 꿈은
산수 간 먼 경치를 내다보는 새로움으로
티라미슈 한 조각과 함께 피어난다

울창한 소나무와 버드나무가 치유하는 이 교양은
우리의 일상에 아름다움을 심어 주고

메말라 가는 잊고 있던 것들로부터
방울방울 피어오르는 천진난만함에

삼나무 물가에 빌어보는 그대의 안녕은
끝끝내 결실 맺는 단단함으로 번영한다

유치하고 두렵지만 떨리는 궁금함은
그대 역사의 편린이라도 기웃하게 하고

보이지 않던 눈물이 보이는
여기에 없는 그대가 보이는
이곳

가치 있는 보석으로 거듭난 모든 꿈나무들에게
건네는 기립박수가 울창한

같은 하늘에 같은 꿈을 꾸는 오늘
여기는 우리 동네입니다

수색작전

하늘이 수놓은 한 폭의 아름다움 아래
잔뜩 숨어 있는 미확인 지뢰

그토록 수많은 훈련을 했음에도
한순간도 놓칠 수 없는 긴장

그 많은 발걸음 중 하나만 걸리더라도
나의 전우가 상하기에 더욱 살펴보는 탐지

은닉한 시선들이 도사리는 이 현장에서
두려워도 첨병은 나아가야 한다

등지고 또 올라가며
이리저리 조심스레 헤집던 수색로에서
마침내 발견한 그 반쪽

때를 기다리고 덮쳐
그곳에 침투한 최정예전투원은

살벌한 감시를 탐색 격멸하고

기나긴 수색 끝에
결국에 찾아낸 평화

순수함이 무기였던
영원히 회자될 그 전투처럼
늘 깃발을 꽂으리라

잊지 말자, 나는 기적이라는 걸

거울로 태양 빛을 휘젓던 왁자지껄처럼

말하지 않아도 안다던
추억의 그 광고처럼

이제는 고요한 적막이
각자의 마음을 다독이는
훌쩍이는 순간들

서로가 사랑하고
서로가 사랑받는

그것이 분명하게 느껴지게 하는
단어와 말투와 표정과 몸짓들

거울로 태양 빛을 휘젓던 왁자지껄처럼
거창한 네 눈빛이 휘젓던 소란스러움에
이윽고 내 마음은 춤을 추고

너무나 빛나는 사람이라 당연히 그런 줄 알았는데
나를 빛나게 하는 사람이라 그래 보였던 당신

나의 처음이 그대라서 고맙습니다

둘셋

이 세계를 여는 그 한마디

내가 나일 수 있게
우리가 우리일 수 있게
포문을 여는 목소리

걷다 넘어지는 언덕길에서도
먼저 알아채고 나에게 드리우는 그림자

그대가 있어 늘 든든했고 늘 고마웠다

그대가 없는 우리란
우리가 없는 그대란
떠올리면 숨 멎는 아찔함

두 번이든 세 번이든
이 인연의 끈이 환생한대도

외쳐 주세요

그대의 말끝에서 시작되는 우리를

언급

단 한 번 스쳐 지나가는 마디에도
벅차올라 계속 돌려보는 순간들

일방통행이 아니라
교차로였음에 피어오르는 아지랑이

치열하게 쏟아부었던 그 어떤 것들이
누군가를 끄덕이게 했었음을

그렇게 스며들어 가는
우리라는 울타리

이제 내 손을 잡아
물들어 버린
말로 건네는 네 손은

열 손가락으로 그리는
빗방울의 수채화

젖은 발로 달려가고만 싶은

마시멜로보다 말랑한

그대라는 꽃갈피

존경

내게 오는 길에
태연히 쏟아지는 달빛

너와 나를
보물 같은 아이로 만들고

산들산들 불어오는
바람의 노래를 담은
빼어난 지혜는

톡톡 터지는
비눗방울의 모양새마냥
도탑게 봄을 부른다

집에 콕 박힌
별 같은 너는

위아래로
아름다움을 베푸는
만능 분홍신

이달의 하루 끝에 청하는
소녀의 염원이 닿기를

간절하게 기도하는
두 번이나 숨죽여 쓴 사랑 시

인기

사람이 온다
인생이 온다

저마다의 삶들이 모여
기운을 만들고

분자구름*은
그들을 반짝이게 한다

반사된 빛은 또다시
저마다의 삶들로 흩어지고

인생이 흘러간다

....

* 분자구름(molecular cloud): 근방에 밝고 고온인 별이 있으면 성운으로서 관
  측되는데, 그렇지 않은 경우에는 주로 전파로 관측된다. 다량·다종의 분자가
  검출되므로 분자구름이라고 하는데, 고체의 미립자나 수소 가스도 많이 포함
  되어 있다. 이 중에서 별이 탄생하는 예가 많이 발견되며, 적외선원으로서 검
  출된다. 분자운. (천문학 작은사전, 2002. 6. 20., 「월간 하늘」 편집부)

사람이 다가온다

사랑이, 문을 연다

시련

겪어 본 적 없던 새로운 파도가 감싸던
지독하게 시린 햇살

아무리 물어도
아물지 않던

가물다가
머물러 버린
가려진 너의 시간에

저물다
깨물어진
드러난 나의 마음은

애젖하다 못해
발맘발맘 다가서는
안다미로 눌러 담은
그 모든 것

그대 늘 그렇듯 나를 지켰으니
나 늘 그렇듯 그대를 지키리라

차 한 잔

차 한 잔에
울분을

차 한 잔에
피로를

차 한 잔에
불안을

차 한 잔에
두려움을

얼룩진 기억 모두
삼켜 내고
봄에게로 가자

동갑

같은 해에 태어난 너와 나
그것만으로도 얼마나 편안한지

우리 비록 마주한 적 없어도
늘 성원했던 그 마음

너무 많이 차가워서
정말 많이 울었어도

언젠가 만나면 건넬
아주 많은 이야기가 있어

금요일에는 볼 줄 알았는데
수학여행이 너무나도 길구나

나도 소풍이 끝나는 그날에
처음 봤다고 괜히 존댓말하지 말기-

4월마다 사무치는 노란 그리움
보고 싶은 친구들아

마중

그대는 어떤가요
나는 안녕하지 못합니다

그대를 마지막으로 보았던 날부터
몇 번은 손가락으로 세곤 했지만
이제는 그마저도 하지 않고 있으니까요

한참을 그 자리에 머물렀었던 어떤 이유와
우리가 마주하지 못했었던 그런 이유

아삭한 그 마음이 바삭해지는 동안
지나가 버린 바람들을 바라봅니다

기다리라고 말해 주세요,
이대로 영영 보지 못할까
길 돌멩이를 신발로 괴롭히고 있는 나를 위해

정녕 보고 싶습니다

나는 벌써 나와 있어요

올 때도 됐는데…

호위

유난히 맑았던 어느 날
서슬 퍼렇게 낭자하는 혈흔들 속
기어이 막아 낸 나의 낭자

흩날리는 무화과 꽃잎은
처절한 나를 업신여기듯
너의 낮을 날아다니고

하이얀 비단이 곱게
달처럼 그대를 맴돌아

끝내 전하지 못한 빛의 반지는
고개를 돌릴 수 없는 나의 계절과 함께 돈다

서 있는 그대와
누인 나의 온도 차는

붉어지는 나의 그림자만큼
푸르스름한 너의 빛

떠날 수 없어 난
못내 뱉어 낸 마지막 숨

이 눈물 마음에 새기리라
그대라 행복했소

연산*

믿음은 더하고
미움은 빼고
사랑은 곱하고
희망은 나누자

관계를 계산하지 말라 했거늘
이런 셈법이라면 거듭 헤아릴 테요

무수히 많은 해를 마주했던 달이 그렸던
불연속적인 미래를 촘촘히 쪼개던 나날이여,
닫힌 구간은 열린 마음이 되었소

그 가능성들을 쌓아 온 자취는
무한히 움직이는 무게중심으로 거듭나고

공간을 지탱하던 법선과 같이
함께 기울인 마음으로 영원히 마주하리라

가장 명석한 계산이
가장 이타적인 계산이었던
기적의 계산법

작은 줄만 알았던 소수가
자기 자신을 믿는 소수가 되어 가는
아름다운 연산

하나 이상의 대상으로부터 새로운 것을 만들어 내는,
그래서 그것을 연산이라고 부른다

순간들

어느 하나 별로인 적이 없었다
오히려 별로 가득했던 그 모든 순간

지나쳐 온 그 지점들을 바라보고 있노라면
작은 점의 그때조차 흩날리던 색색의 비눗방울들

켜켜이 쌓인 우리의 시간만큼이나
참고 커져 버린 우리의 창고

변해 가는 시간 속에서
이 목록들을 기억해 주기를 바라는
그 간절함만큼이나 빨강빨강했던 아지랑이

그 모든 찰나에 대한 그대들의 진심이
너무나 잘났기에 이룩한 지금의 이륙

그럼에도 그 노고를 우리에게 돌렸던
한없이 큰마음은 목이 메게 하고

잊지 말자, 나는 기적이라는 걸

그걸 아는 듯 덩달아 시큰거리다
울상 짓는 모습이 너무나 귀여워
서로가 터져 버린 웃음

반짝이는 순간들이 그렇게 흘러간다
늘 그랬듯이

곤말

참 신기하죠
나의 말 본디가 이렇게나 달라요

내 속에 있던
내뱉고도 놀라운
단어들과 그 배열들

가려 뽑은 이 낱말들이
고르고 골라낸 돌 한 움큼마냥
그대를 향해 자라나는 내 마음 한 뼘을
과연 가늠하고 갈음할 수 있을까

일상에 머금었던 나의 낱말들을
어느새 여울지게 하는
그대라는 동화

그대를 이렇게나 생각하고 있어요

알아 달라는 건 아닙니다
그저 내 마음을 들려주고 싶어요

글자에 생명을 불어넣는 음운처럼
나에게 사랑을 깨워 주는 그대

우리의 언어가
아픈 기억을 끓는점이자
서로에게 끓는점이 되기를

각자의 밤을 녹는점으로 여물게 하는
같이 주고받는 곤말

그래서 나의 문장은 당신을 참 닮았나 봅니다
별처럼 고와 가슴에 새록이는 그대여

당부

그러나
사각형 밖의 그대는
어떠한가

갈수록
더욱 진해지는
그 두께들 너머

안에서
그러했듯 여전히
기쁜가, 행복한가, 즐거운가

끄덕임
그것에도 끊임없이
계속이고 확인하고 싶다

주었던
그대로 그대도 그리

정말이고 괜찮은지

만약에
사실은 그렇지 않다면
괘념치 말고 기대길

그대는
결코
혼자가 아니다

그대가
세상에 내딛던 그 순간부터
이미 기적은 시작되고 있었다

그러다
그 기적들이 옹기종기 모여
우리라는 기적을 영글었고

그렇게
점철된 우리라는 세상이
그대에게 늘 환호하고 있다

이제는
괜찮으니까 자신을
먼저 챙기기를

그래서
우리는 그대가 안과 밖
어디에서든 항상 안녕하기를

언제나
그대 피고 지는 그 순간
우리 함께였음을, 함께일 것임을,

조용히
그대에게 닿길 바라는
부치지 못한 이 진심

작품해설

파란 장미

오래전부터 아름다운 모양과 진한 향기로 사랑받아 온 장미는 그 품종이 무려 2만 5천여 종에 달합니다.

하지만 유독 파란색 장미는 존재하지 않았는데, 장미에는 파란 색소를 내는 유전자가 없었기 때문입니다.

이 때문에 파란 장미는 원래 '불가능'을 뜻했습니다.

그러나 전 세계의 많은 과학자가 파란 장미를 만들기 위해 매달려 왔고, 지난 2004년 유전자 변형을 통해 파란 장미를 만드는 데 성공했습니다.

기적처럼 탄생한 파란 장미의 꽃말은 현재 '기적', '불가능의 극복', '포기하지 않는 사랑'으로 바뀌었습니다.

우리가 그대들을 찾은 것처럼, 우리 또한 파란 장미처럼 포기하지 말고 기적을 일구기를 소망합니다.

양양터널

우리나라에서 가장 긴 터널인 인제양양터널은 졸음을 방지하기 위해 S 자 곡선이 4구간으로 이루어져 있습니다.

또 원래 터널은 차선변경이 안 되는 실선으로 되어 있는데 양양 터널은 졸음운전을 방지하고자 점선으로 되어 있습니다.

잊지 말자, 나는 기적이라는 걸

그 모습이 어딘가 현존하는 걸그룹 중 1위를 하는 데까지 걸렸던 시간이 가장 긴 오마이걸과 닮아 있습니다 (이 시를 지은 지 한 달도 채 안 되어서 브레이브걸스가 1854일 만에 지상파 1위를 하였습니다.)

긴 기다림과 유일한 점선마저도 설계자의 계획인 걸까요.

각자 저마다의 삶 속에 있을 긴 터널이 지금 당장은 아득하고 막막하더라도 그 터널은 언젠가 끝이 난다는 것. 실선 위를 달리고 있는 남들과 다르게 점선 위를 달리는 내가 절대로 틀리지 않았고, 오히려 설계자의 은총을 받았다는 것.

푸르른 동해안이 기다리고 있는 양양터널의 끝처럼 우리들의 푸르름을 향해 액셀을 밟아 봅시다.

일상

일찍이 가수를 꿈꾸고 오랜 시간 연습 끝에 데뷔하다 일상에서 나의 노래를 처음 만나게 되면 어떤 기분일까요?

이 뿐만이 아닙니다.

내가 쓴 책을 카페에서 읽는 사람들, 내가 만든 음식에 행복해하는 사람들, 내가 개발한 게임을 지하철에서 즐기는 사람들, 내가 다니는 회사의 물건을 쓰는 사람들….

처음 목격하는 그 광경은 분명 감회가 새로울 것입니다.

나의 근로가 누군가의 일상이 되는 색다른 순간들은 거창하지 않더라도 벅차게 합니다.

때문에 우리의 피땀은 결코 헛되지 않습니다. 그래서 노동은 신성하다고 하는 걸까요.

화려하지 않아도 좋습니다. 우린 누군가에게 꼭 필요한 존재입니다.

해식애

해식애(海蝕崖): 해양 해식과 풍화(물을 포함한 결정체가 공기 속에서 수분을 잃고 가루가 됨)작용에 의하여 해안에 생긴 낭떠러지.

해식붕(海蝕棚): 해양 해식에 의하여 육지가 침식되어 해식애 아래에 바다 쪽으로 생긴 평탄한 지형.

바다는 모든 걸 다 받아주기 때문에 바다라고 합니다. 그 모습이 마치 여러분을 닮았습니다. 그런, 마음이라는 바다 그 아득한 끝에서 손을 저으면서 헤엄치고 싶습니다.

제가 좋아하는 말 중에 '바다는 비에 젖지 않는다'라는 말이 있습니다.

삶이 그렇게 녹록지만은 않지만, 그럼에도 우리는 계속해서 나아가고 있습니다. 또 물보라를 일으키면서요.

이런 바다는 달의 인력으로 인한 밀물과 썰물로 해안침식과 풍화작용을 거쳐 바위들을 깎아 나가고, 침식된 바위들은 절벽으로 다듬어집니다. 이렇게 생긴 해양 지형을 '절벽 애(崖)' 자를 써서 '해식애'라고 부릅니다.

우리가 삶에 지는 그 절벽의 순간마다 여러분들이 있었습니다. 저는 그것을 '절벽 애(崖)'가 아닌 '사랑 애(愛)'라고 부르고 싶습니다.

그 해식애의 아래에는 '해식붕(海蝕棚)'이라는 육지가 침식되어 바다 쪽으로 생긴 평탄한 지형이 있기 때문이죠.

마치 나를 가다듬는 시련으로부터 평탄한 삶을 마주하게 하는, 절벽 끝에 서 있는 당신처럼요.

모소 대나무

중국의 한 지방에는 모소 대나무라는 식물이 있습니다. 이 친구는 심은 지 4년째 되는 해까지 단 3cm밖에 자라지 않습니다.

그러나 5년째 되는 해부터 매일 30cm씩 자라다가 6주가 지나면 걷잡을 수 없이 순식간에 빽빽한 숲을 이룹니다.

땅 위에 서 있던 우리는 몰랐던 겁니다. 3cm만 자란 줄 알았는데, 땅 밑에서 단단하게 뿌리내리고 있었다는 걸요.

그래서 우리는 놀라워하지만, 심은 사람들은 전혀 놀라지 않는

다고 합니다. 그렇게 될 줄 알았으니까요.

내실을 다지고 도약을 준비하며 단단해지는 그들을 보며, 또 한 번 깨닫습니다.

당장에 누구도 알아주지 않는 하루들이 모여, 울창한 숲을 만들어 낸다는 것을.

아타카마

··

칠레 북쪽에는 지구에서 가장 건조한 사막이라 불리는 '아타카마 사막'이 있습니다.

이곳에서는 지형의 영향으로 비구름을 만드는 저기압대가 거의 형성되지 않는다고 하는데, 그 탓에 비가 전혀 내린 적이 없는 구역도 있다고 하죠.

그런데 2015년, 슈퍼 엘니뇨 현상으로 인해 아타카마 사막에는 12시간 동안의 폭우가 내렸습니다. 이는 7년 치 강수량과 맞먹는다고 합니다. 그렇게 쏟아진 폭우가 그치고 난 후에 놀라운 일이 벌어졌습니다. 심한 건조함으로 풀 한 포기 자라지 않았단 아타카마 사막에 아름다운 꽃들이 피어나기 시작한 것입니다. 척박하고 밋밋하던 사막 전체를 뒤덮은 분홍색 꽃의 물결은 너무나도 황홀하고 아름답습니다.

보이지 않던 광활한 사막 속에 숨겨 둔 꽃씨들이 만개하는 이 순간. 그들은 이런 찬란한 순간을 기다리며 수많았던 모진 세월을 인내했나 봅니다. 마치 동화 같은 요술을 피워낸 사막의 기적은 어쩌면 우리에게 슬며시 인사를 건네는 게 아닐까 싶네요. 다음은 네 차례라고.

다도해

....

갑작스레 세상에 나 혼자 남겨진 느낌이 들 때가 있습니다. 주위가 암전되고 덩그러니 남겨진 나는 스스로 무인도가 됩니다. 그렇게 나만의 테두리가 생겨나면, 자꾸만 나라는 존재는 보잘것없어 보입니다. 깎여 버린 앙상한 나는, 심지어 나를 제외한 모두가 행복해 보이기까지 합니다. 그러다 우연히 알게 됩니다. 이런 섬은 나만 있는 게 아니라는 걸.

모든 사람이 각자의 섬을 가지고 있습니다. 그 외로운 수많은 섬이 둥둥 떠다니는 이 바다를 우리는 다도해라고 부릅니다. 하늘에서 보면 아름다운 이 푸르른 풍경. 서로 외로운 것이 오히려 더 위로가 되는지도 모르겠습니다.

그래서인지 가수 박효신의 〈연인〉 곡 소개가 떠오릅니다. '함께 있어야 외롭지 않다는 말보다는 함께 외로울 때 우리는 혼자가 아님을 이야기하고 싶었다.'

네모의 꿈

'너는 왜 프로필 사진이 없어?'라는 질문에 이제는 뭐라고 답해야 할지 모르겠습니다. 결별이나 사업 실패 등의 큰 심경변화가 있는 것도 아니고, 그렇다고 사진이 없는 것도 아닙니다. 간신히 이유를 찾자면 굳이 나를 드러내고 싶지 않달까요? 그래서 그냥 없는 건데 왜 자꾸 나의 프로필 사진에까지 안부를 가장한 강요를 하는지 모르겠습니다.

이러한 의견에서 출발한 시입니다. 진짜 '나'를 디지털상의 '나'는 다 담아내지 못하니까요.

재회

해를 지나며 점점 나만의 숫자가 늘어나다 보면, 지나간 인연들이 떠오를 때가 있습니다. 그런가 하면 어떤 사람들은 신기하게도 만날 때마다 그 시절의 나로 돌아간 것만 같습니다.

그렇게 지나간 시간들 사이로 내게 남겨진 인연은 마치 체로 걸러 낸 듯, 한 줌도 남아 있지 않습니다. 각자의 사정으로 멀어져 버린 인연은 갑작스레 나를 성찰하게 합니다. 그 이별은 왜 그랬을까요. 나만 그대를 내 사람이라 여긴 걸까요.

그런 의문 속에서 상대가 보낸 연락 하나는 우리의 관계를 다시 꿈틀대게 합니다. 눈 녹듯 사라지는 오해 속의 이해가 우리라는 인연에 재시동을 겁니다. 기적같이.

인생은 롤러코스터

흔히들 '인생사 새옹지마'라며 오르락내리락을 반복하는 게 우리네 인생사라고 합니다. 그래서 인생은 롤러코스터라는 말을 하곤 하죠. 좋은 일이 있기도, 나쁘고 짜증이 나는 일이 있기도 하니까요. 그런데 저는 시선을 조금 돌려서, 롤러코스터를 타기 위해 기다리고 있는 대기 줄에 대해 이야기하고 싶었습니다. 가장 높은 곳에서 가장 짜릿하다는 구간을 바라보며 기다리는 대기 줄. 빛나는 인생의 누군가를 바라보고 있는 내가 초라하게 느껴질 때, 때마침 열차가 들어오고 안내 방송이 나옵니다. "즐거운 시간 보내시길 바라며 꿈과 환상의 나라로 출발합니다."

연산

가수 아이유의 〈Love Poem〉 곡 소개에는 이런 말이 있습니다. "인간의 이타성이란 그것마저도 이기적인 토대 위에 있다."

우리가 흔히 '저 사람은 계산적이야.'라고 말하곤 하지만, 어쩌면 대단히 이타적인 사람도 온전히 상대를 위한 것만은 아니고 나를 위함이기도 한 것은 아닐까. 누군가에게 무언가를 베풀고 좋아하는 모습을 보는 것이 오히려 내가 다 기쁜 것. 광의의 범주에서는 이마저도 계산적인 게 아닐까 싶네요. 그런 나날들이 모여 닫힌 마음을 열리게 해주는 '미분'이 될 테니까요.

잊지 말자, 나는 기적이라는 걸

―――― 늘 그랬던 것처럼, 신발 끈을 고쳐 맬 우리

ⓒ 정매일, 2021

초판 1쇄 발행 2021년 12월 5일

지은이   정매일
펴낸이   이기봉
편집   좋은땅 편집팀
펴낸곳   도서출판 좋은땅
주소   서울특별시 마포구 양화로12길 26 지월드빌딩 (서교동 395-7)
전화   02)374-8616~7
팩스   02)374-8614
이메일   gworldbook@naver.com
홈페이지   www.g-world.co.kr

ISBN   979-11-388-0452-3 (03810)